EN EL CIELO LAS ESTRELLAS

LOS VERSOS DE LA ABUELA

SI ESTE LIBRO SE PERDIERA,
COMO SUELE SUCEDER,
SUPLICO AL QUE LO ENCUENTRE
QUE LO SEPA DEVOLVER.
Y SI NO SABE MI NOMBRE,
AQUÍ LO VOY A PONER:
ES DE ....
QUE A LA ESCUELA VA A APRENDER.

EN EL CIELO LAS ESTRELLAS

LOS VERSOS DE LA ABUELA

ALEJANDRA LONGO

ILUSTRACIONES CLARA HARRINGTON VILLAVERDE
DISEÑO SIMPLESTUDIO
TIPOGRAFÍA ANDRÉS SOBRINO

SCHOLASTIC INC.
NEW YORK, TORONTO, LONDON, AUCKLAND
SYDNEY, MEXICO CITY, NEW DELHI
HONG KONG, BUENOS AIRES

ISBN 0-439-59732-3

PARA JUAN Y SEGUNDO

EN EL CIELO LAS ESTRELLAS,
EN EL CAMPO LAS ESPIGAS
Y EN EL MEDIO DE MI PECHO,
MI AMÉRICA QUERIDA.

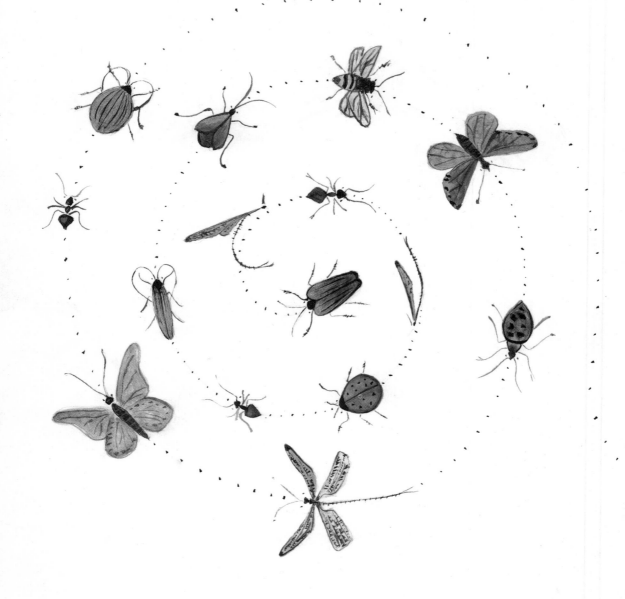

ANDABA LA HORMIGUITA
JUNTANDO SU COMIDITA;
VINO UN AGUACERO
Y CORRIÓ HACIA SU CASITA.

MIRA LAS HORMIGUITAS
CÓMO VIENEN Y VAN,
CONSTRUYENDO SU CASITA
PARA EL INVIERNO PASAR.

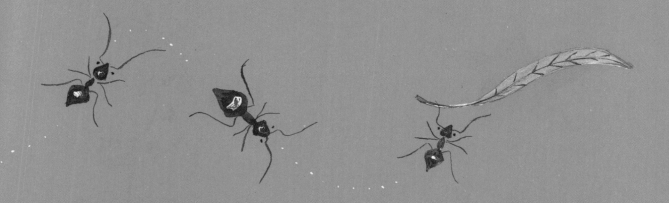

AL QUE DA Y QUITA,
LE SALE UNA JOROBITA,
AL QUE DA Y COBRA,
LE SALE UNA JOROBA.

EL QUE COME Y NO CONVIDA,
TIENE UN SAPO EN LA BARRIGA.
YO COMÍ Y CONVIDÉ,
ESE SAPO LO TIENE USTED.

SANA, SANA,
COLITA DE RANA,
SI NO SANA HOY
SANARÁ MAÑANA.

LOS ZAPATITOS ME APRIETAN,
LAS MEDIAS ME DAN CALOR,
Y EL BESITO QUE ME DISTE
LO LLEVO EN EL CORAZÓN.

ERES CHIQUITA Y BONITA,
NO TIENES COMPARACIÓN,
PRIMA HERMANA DE LA LUNA,
PRIMA SEGUNDA DEL SOL.

TIENES PECAS EN LA CARA
PERO NO TE DÉ CUIDADO
QUE MEJOR PARECE EL CIELO
CUANDO ESTÁ MÁS ESTRELLADO.

SON TUS OJOS DOS LUCEROS
QUE ILUMINAN TODO EL MAR;
¡QUIÉN FUERA MARINERITO,
PARA PODER NAVEGAR!

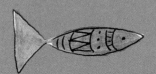 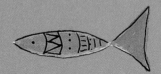

ÁNGEL DE LA GUARDA,
DULCE COMPAÑÍA,
NO ME DESAMPARES
NI DE NOCHE NI DE DÍA.

SI ME DESAMPARAS,
¿QUÉ SERÁ DE MÍ?
ÁNGEL DE LA GUARDA
PIDE A DIOS POR MÍ.

SEÑORA SANTA ANA,
DE CRISTO ABUELITA,
DUÉRMEME EN TUS FALDAS
QUE SOY CHIQUITITA.

CUSTODIA MI SUEÑO,
NO DEJES ME AFLIJA
NI UN MAL NI UN DESVELO,
NI UNA PESADILLA.

CUATRO ESQUINITAS
TIENE MI CAMA,
CUATRO ANGELITOS
GUARDAN MI ALMA.

LINDA FLORECITA,
DIME SI TE ABRES
CUANDO A LA MAÑANA
LA LUZ DEL SOL SALE.

DE TODAS LAS FLORES
ME GUSTA EL COLOR,
PERO DE LA ROSA
YO QUIERO EL OLOR.

DE TODAS LAS FLORES
LA ROSA ES LA FLOR,
DE TODOS LOS NIÑOS,
¿A QUIÉN QUIERO YO?

MUÑEQUITA CHIQUITITA,
GRANITO DE CAFÉ,
SI ME PIDES LA VIDA,
LA VIDA TE DARÉ.

¿CON QUÉ TE LAVAS LA CARA
QUE TAN HERMOSA ESTÁS?
ME LAVO CON AGUA CLARA
Y DIOS PONE LO DEMÁS.

POR LA LUNA DOY UN BESO,
POR EL SOL, DOY UN MONTÓN;
POR LA MIRADA DE ESA NIÑA:
ALMA, VIDA Y CORAZÓN.

ENERO

FEBRERO

MARZO

ABRIL

MAYO

JUNIO

JULIO

AGOSTO

SEPTIEMBRE

OCTUBRE

NOVIEMBRE

DICIEMBRE

TREINTA DÍAS TIENE SEPTIEMBRE,
CON ABRIL, JUNIO Y NOVIEMBRE,
DE VEINTIOCHO SÓLO HAY UNO,
LOS DEMÁS DE TREINTA Y UNO.

CINCO POLLITOS
TIENE MI TÍA;
UNO LE SALTA,
OTRO LE PÍA
Y OTRO LE CANTA
LA SINFONÍA.

LOS GALLOS CANTAN AL ALBA,
YO CANTO AL AMANECER,
ELLOS CANTAN PORQUE SABEN,
YO CANTO POR APRENDER.

EL DÍA QUE TÚ NACISTE
QUÉ TRISTE SE QUEDÓ EL SOL
AL VER QUE OTRO SOL NACÍA
CON MUCHO MÁS ESPLENDOR.

SAL SOLECITO,
CALIÉNTAME UN POQUITO,
POR HOY, POR MAÑANA,
POR TODA LA SEMANA.

ESTRELLITA BLANCA,
ROSALITO EN FLOR,
ABRE YA LOS OJOS
QUE AMANECE DIOS.

SCHOLASTIC INC.